長山鈴子詩集

彼岸

NAGAYAMA SUZUKO

目次

彼岸花 10
ウイルス 12
寒修行 14
虫と雑草と私 16
ガリヴァ旅行記　小人国渡航記　大人国渡航記 18
境界線 20
夏の海 24
原生林 26
フラメンコ 28
かきつばた 30
点点と 32

菩提樹　Ⅰ 36
菩提樹　Ⅱ 38
時の砂 40
猫のクロちゃん 42
燕 46
女郎蜘蛛 52

桜 54
コスモス 56
酔芙蓉 58
ふるさと 60
朝 62

夜間飛行 68
砂時計 70
藻 72
百済観音 74
蝉の声 76
霊鷲山 78
霧 80
紙 84
目覚め 86

あとがき 89

彼岸

彼岸花

こちらの草地に
むこう側の田畔に
鮮やかな赤色の花が咲いている

間を流れる川の
小さな橋のたもとには
造り醤油屋の薄汚れた煙突が
ぶぜんとした　たたずまいで伸びていた
近くで女が　赤子のむつきに石鹸をゴシゴシとこすりつけて

無心に洗濯をしていた
私は泡の行く末を　ながめていたが
川波にのまれて　次々と消えていった

毒と薬をあわせ持つ
彼岸花
もう何年も　このような光景をながめているのだろうか

私はその夜
白い川を泳ぎ
海へ出る夢を見たようだ

ウイルス

この　洗練された存在
あらゆる生きものを　乗り物にし
食し　姿を変え
世界を駆け巡る
この生きざま

命を食し　生きる
宿命のもとに　生まれたものたちの
弱肉強食の世界
共存共栄の世界

寒修行

読経の声が空を突く
雪が降ってくる
地上には塵まじりのみぞれ雪
歩を進める雲水の足を刺す

空の雪と

地上の塵と
読経の声と
朝靄にとけあう時
美しき雲水の後ろ姿

虫と雑草と私

引き抜いた　雑草の根に
小さな虫が　這っている
人差し指に少し力を入れれば
潰れ死んでしまうだろう
雑草はやがて
枯れてしまうだろう
儚い命だ

人間の私は

次の瞬間

虫がわらった
雑草がわらった
大きな世界の扉が　開いた

虫は虫
雑草は雑草
私は私

ガリヴァ旅行記

小人国渡航記　大人国渡航記

ガリヴァは漂流の末
小人国に　たどり着いた

目覚めると
手足も毛髪も　しっかり大地に縛りつけられている
まわりは　身の丈６インチとはない人間だ
彼は　巨大なる人間山と呼ばれた

次の航海で　またしても嵐に見舞われ
今度は大人国に　たどり着いた

身の丈6フィートのガリヴァは
片手でつまみあげられ
手のひらに載せられた
芥子粒のように小さいものが　人間とわかると
見世物に出された

6フィートのガリヴァは変わらないのに
巨人になったり　小人になったりする

なぜ

境界線

部屋の外にしつらえた湯船に
ゆっくりと肩までつかると
私の視線と水平線は
ちょうど重なり
視界は海と空だけになった

私の耳はおだやかな潮騒を聞きながら
私の目は水平線に接した茜色の太陽を見ながら
私の皮膚は湯の温かさを感じながら

底から　一粒また一粒と泡が立ちのぼり
感覚は綯い交ぜになり

私は海原に浮かぶ
一つの個体になった

私は私自身であり
全くの別物のようでもあった

太陽が水平線に沈むと

漆黒の無限の中
私は一つの点として
無限のすべてとして
存在していた

夏の海

簾戸から眺める海は凪で
海女の　雲丹を捕る音が
夏の海を　際立たせている

のどかな朝だ

去年も
今年も
きっと来年も

足裏の　油団※のひんやりとした感触が
いつも　同じ時を連れてきてくれる

さざ波は　煌めいたり翳ったりしながら
沖の　さらに遥か遠くから
今を届ける

海女が海からあがった
桶に　たくさんの雲丹が見える
棘が最後の抵抗のように　美しくしなった

※油団――夏の敷物

原生林

朱色の橋を渡り
原生林に足を踏み入れると
そこは　真昼だというのに薄暗く
放し飼いの鶏が二羽
何も恐れぬようすで　地面をつついていた
石段を登る毎に
ますます薄暗く木は繁り
波の音が遠くから聞こえていた

林が途切れると
眼下には　穏やかな海が広がり
潮風と共に　波の音に　つつまれると
千年も前から自分がここにいるような
千年後もここにいるような気がした

フラメンコ

甲にゴムのベルトのかかった
懐かしい形の靴でステップを踏む
つま先で　踵で　足の裏全体で
二連　三連に　床を　たたく

目をつむると
遠い日の祭りの宵の　松明の明りが揺れ
太鼓の音が聞こえてくる
子供の私が

神社の境内の太鼓のまわりの
人垣の中に立っている

ヒターノたちが
遠い東への郷愁のステップで
迫ってくる

かきつばた

公園には　まだ夜の匂いが
土から立ち昇っていた
私は夜明けを待っていた
一瞬たりとも見逃しはすまい
聞き逃しはすまい

暗闇に　光がさし始め
かきつばたを　映し出した
蕾は　まさつ音を立てながら

次次と花びらを開いた

私の両手は
一瞬の　光の粒子
音の粒子を抱え取った

朝がやって来た

通勤する人たち
通学する人たち
朝の光景は　日常を連れてきた
埋もれているように見える　一瞬　一瞬

点点と

九頭竜川に　舟をうかべる
陽光をうけた水面は
どこまでも　点点ときらめく

むかし
九つの頭をもつ　竜が住んだという
点をひとつずつ　すくって
竜に　会えるだろうか
幼いころの自分に　会えるだろうか

年老いた自分に　会えるだろうか

過去が点点と
未来が点点と

すべては　今

菩提樹　Ⅰ

この存在なくして　私は存在し得なかった

この当たり前の事実は
私を　もう　さほど長くはないであろう
現身の母を通して
有無を言わさない　整然とした空気で覆った

　境内の菩提樹の葉が
裏になり　表になり

一瞬一瞬を克明に見せながら　落ちていた
小さな虫は地を這い　どこへ行こうとしているのか
夕刻の物悲しさは　無限の条理を色濃く見せた

母は　私を認識しているようでもあり
そうでないようでもあり

現身の今から
扉を開けるように
さらりと　次の今へ行くのだ

菩提樹　Ⅱ

扉が開いて
次の今へ　母は行きました

菩提樹の葉は
ひらり　はらりと　風に吹かれています
地を這う虫から見える空は

どんなに高く広いのでしょうか

無限の条理は残酷でもあり
優しくもあります

時の砂

生きるも
死ぬるも
永遠に
零れつづける
砂時計

猫のクロちゃん

レッスンが終わり　駐車場に戻ると
寺から　一匹の丸々とした猫が　近寄ってきた
少し距離をおき　様子をうかがっている
艶のある黒毛と　翡翠色の目のコントラストが見事だ

動物好きの友人が話しかけると　側まですり寄り
ゴロンとひっくり返り　腹を見せた
撫でると　ニャーオと答える　すっかり仲良しだ
今度は　立っている私の足元を数回まわり

尻尾でポンと　すねにタッチした
そーっと背中を撫でると　ニャーオと答えた

私たちの姿を見つけると　駆け寄ってくるようになった
本名は知らないが　クロちゃーんと呼ぶとニャーオと答える

少し離れた所に　野良の黒猫がいる
小春日和の日などは　陽だまりで寝そべっている
やはり　クロちゃーんと呼ぶが　警戒の色を見せる

寺の桜木が蕾を持ってきた
クロちゃんは相変わらず丸々と美しい

野良のクロちゃんはとんと姿を見せない
冬を越せなかったらしい
胸が詰まる思いもするが　与えられた生涯を全うしたのだ
それはそれで良い

寺のクロちゃんはぬくぬくと　何の疑いもなく
私達に　楽しみを与えてくれる
それはそれで良い

燕

我が家の玄関の軒先に
燕が巣をつくった

空を切るように飛び立ち
虫を咥え　帰って来て
巣内のパートナーに与える

雛がかえったらしい
ボサボサの愛らしい産毛と　黄色いくちばし

親鳥の口内が壊れんばかりに
くちばしを差し込み　餌を食す

雛もだいぶ成長し
一番積極的な雛が　一番大きい
つば一郎と名付けた
他の雛は　つば二郎　つば三郎　そしてつば四郎
とは言っても　区別できるわけではない

軒先はとても賑やかだ

猫がそっと忍び寄り
雛を狙うが　うまくいかないようだ
カラスも狙っている

皆　生きねばならない

つば一郎が飛んだ
近くの電線にとまり　また巣に戻ってきた
そして
二郎　三郎と飛べるようになった
四郎は

いよいよ四郎が飛んだ
ハッとして　見守っていると
玄関のドアノブに止まった
一休みし
次の瞬間　懸命に羽ばたき

家族が待っている　電線まで　飛んだ
全員が勢揃いすると
一斉に飛び立ち　もうそれきり一羽も帰って来なかった
軒先は急に静かになった
子供の頃　夕方になると
後ろをふりかえり　ふりかえり　友達とサヨナラをした
あの皮膚が少し痛いような　感覚がよみがえった

巣内をみると　一羽の死んだ雛がいた
庭先に埋めて弔った

来年には　また帰って来るだろうか

果たして　燕は帰って来た
去年の燕かどうか　見分けはつかないが
また　賑やかになりそうだ

女郎蜘蛛

金木犀の枝に
幾重ものレースを張り
女郎蜘蛛は　黄と青鈍の衣装を纏い
じっと　獲物を待つ
ところどころに　金色のビーズが編み込まれた
透明の糸が　陽光を浴びて
きらきらと輝く

芳香のなか

蜘蛛は　死んだようにじっとしている

獲物がかかるや否や
するすると近付き
食いつくす
黄と青鈍の衣装は
てらてらと艶を増し

巣の上で
地獄と極楽を見せた蜘蛛は
また　死んだようにじっとしている

桜

空から　解き放たれた
満開の花びらの木の下で
私は　桜色に染まり
幸福を　思った

風に吹かれた花びらが
次次と　空に散り
昔からの　約束であるかのように
老人の　肩先をかすめ

赤子の　ほほをなで
水面を　流れ行き
あたりは　みな　桜色に染まった

疑うなかれ
桜色の　この麗しい宴を

コスモス

夕暮れの丘に
コスモスの海が広がっている
西の空は　茜色のスクリーンだったが
またたく間に　薄墨色に変わると
宵の明星が登場した

地面にしっかりと太い茎で立っているコスモスも
今年は　もうそろそろお別れ

お互い呼応するかのように
明星とコスモスがかさね映った
一瞬の永遠

酔芙蓉

夕刻になると　軒先の芙蓉は
美酒に酔いしれたように　桃色になり
深夜の町流しを　待ちわびているようだ

行灯の明かりの下
おわら節の唄い手　三味線　胡弓　踊り手たちは
ゆっくりと時を編んでいく

胡弓の音色は

彼岸へ渡った人たちの
昔話の囁きのようでもあり

行灯の明かりが揺れている

過ぎ去りし時　今　を綯い交ぜにする
風の盆

ふるさと

祭りには
神社への長い道の両脇に
露店が隈なく並び
狭い道を　武者人形をのせた山車が
おおいかぶさるように　迫ってくる

車輪が軋む音と
お囃子の音色が
子供の時に戻してくれる

笛方　三味線方に合わせ
私は　太鼓を叩いていた
山車の囃子台からの　初めての俯瞰図は
天と地が逆転したかのよう

道を埋め尽くす無数の人々は
美しいアラベスク文様の天空ようだ

無限の天空

無限の時を超えていく

朝

五感ではなく
六感というのでもなく
それらとは違った感覚の中にいた

昨日までの
噴きあがる炎に包まれたような　時空とは
全くの別ものだ

子供のころ

凪いだ海に　仰向けに浮かび
少し沈んだり　浮かんだりしながら
波の音や　遠くの人の話し声が　海中で混ざり
どこか違う世界に行ったような
そんな気分を　思い出していた

昨日までの全ては
廃墟のようだった

大気の一粒一粒
その核にあるものは
全てを救う

私は

全ては
安心の海に
浮かんでいる

夜間飛行

機内の小窓から　外を眺める
アラビアンナイフのような月が
時の先端を　切りさき
艶やかに　闇にぶらさがっていた
私は　夜間飛行※を首筋に一吹きした
甘い匂いにつつまれた

太古の時
遺伝子に刻まれた　生き抜く力

嗅覚は　素早く疲労し　次に備えるのだ
私は　目の前に立つ人の　別の香水の匂いを嗅ぎ分けた
動物として　私は　次の態勢に入ったのだ

今　次の今　その次の今
遺伝子のストーリーは
時を　歩み続ける

※夜間飛行――ゲラン社製の香水

砂時計

部屋のカーテンを全部開けると
湾が一望できた

遠くには　外国の貨物船だろう
ぼんやりと見えている

テーブルの上の砂時計をひっくり返すと
砂は　乾いた音を立てながら
次次とこぼれ始めた

砂時計越しに　眺めていると
貨物船は　パラパラ漫画のように
一枚ずつ違う画面を
始まりと終わりを繰り返し見せながら
近づいてきた
下に小さく見える人たちは
とぎれとぎれの映像のように
カクカクと歩いて見えた

時間は　点のつながりのようだ

藻

次
もし
生まれて来るとしたら
海底の藻になろう

ゆうらり
ゆうらり
波まかせに暮らそう

西も東もわからない
昼も夜もわからない

ただそこに存在し
消えていこう

百済観音

ほう、なんときれいな
ちょっと　拝んでいこう
軽く手を合わせる
男

何やら　ぶつぶつ唱えながら
全身を念に祈り続ける
女

老若男女
刻々と生まれる時
逝く時

すべてを
その瞳に映しながら

優しさを
ひたすらに
優しさを　ふりそそぐ

蝉の声

儚げな命は
その手をのばして
何億光年の　遠い星を
ひとつかみにする

霊鷲山

枯れ木のような老婆は
喜捨を求め
風のままにユラユラ
手をのばす

猿は
無心に
木をつたう

五体投地の僧は
衣も体も土まみれ

釈迦が雨季を過ごした洞穴は
永遠の時の入口

読経の声は
白檀の香りを纏い
空へ昇った

※霊鷲山——インド　ビハール州の山

霧

夜明け前
懐中電灯の明かりは
道の両脇に　埋もれているような
物乞いたちの姿を照らし出した
時折　「バクシーシ」と言う力のない声が聞こえる

川岸は　地からわき出たかと思うほどの
沢山の人で埋め尽くされていた

ボートに乗り　ゆっくり漕ぎ出すと
夜が明け始めた

沐浴をし　祈りを捧げるヒンドゥー教の巡礼者たち
松明を手にし　回して円を描き続ける僧侶
白い布を岸に叩きつけて洗濯をする者
生きる糧を得るため　小さなボートで物を売る少年
火葬場で死人を焼き　灰になるさまを見守る人々
辺りをついばむ鳥たち

日の出はそれら一つ一つを映し出した

霧が濃くなってきた
それぞれの輪郭は見えなくなった
すべては　ガンジス川にのみ込まれていった

紙

表と
裏と
真逆で
できている

表と裏を分けようと
半分にそいだとしても
また
表面と

裏面ができる

めくると
表が裏になり
裏が表になる

一枚の紙

目覚め

今日も　一番若い自分に
出会えた

あとがき

「あなたの詩は山芋のようだ。あなたは　それで良い。
あなたは　このまま　いきなさい。」
この言葉は、かなり前に「北国帯」先先代の代表、
故堀内助三郎氏からいただいたものです。
この言葉に大きな力を得ました。
そして「北国帯」先代の代表、
新田泰久氏からは、投稿締め切り日を過ぎると、「作品を待っています。」
のメールをいただき、その言葉に励まされ、今日まで詩作活動を続けてこられ、
これからも続けていきたいという意欲を持つことができています。
感謝申し上げます。
また、能登印刷出版部の奥平三之氏から、数々のアドバイスを頂きました。
感謝申し上げます。
表紙画について
私は以前、病を得、大きな手術を受け、術後四日目の朝に、
私の全細胞が得たインスピレーションを描きました。
　宇宙の核は愛

長山鈴子

長山鈴子詩集「彼岸」

新・北陸現代詩人シリーズ

2021年4月17日発行

著者　長山鈴子
編集　「新・北陸現代詩人シリーズ」編集委員会
発行者　能登健太朗
発行所　能登印刷出版部
〒920・0855　金沢市武蔵町7-10
TEL 076・222・4595
印刷所　能登印刷株式会社

ISBN978-4-89010-786-5